中国原创绘本精品系列

萧袤 文　　唐筠 绘

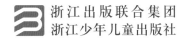
浙江出版联合集团
浙江少年儿童出版社

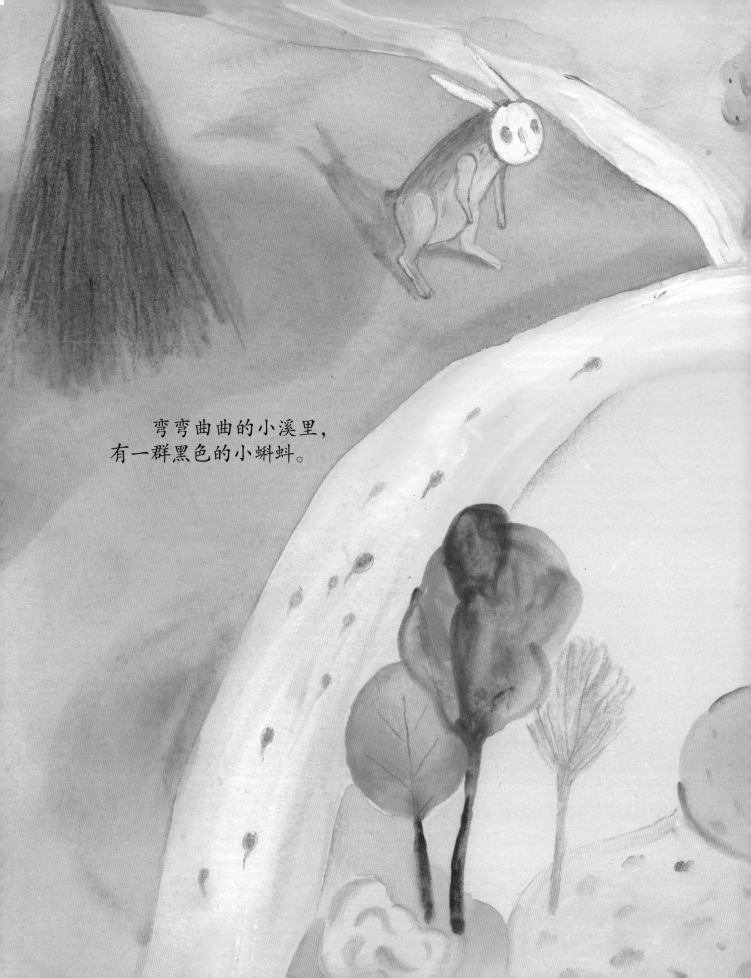

弯弯曲曲的小溪里，
有一群黑色的小蝌蚪。

**图书在版编目（CIP）数据**

大蝌蚪／萧袤著． -- 杭州 ：浙江少年儿童出版社，
2013.10（2015.7重印 ）

（中国原创绘本精品系列）

ISBN 978-7-5342-7790-0

Ⅰ．①大… Ⅱ．①萧… Ⅲ．①儿童文学—图画故事—
中国—当代 Ⅳ．①I287.8

中国版本图书馆CIP数据核字（2013）第208365号

装帧设计：PIGAO
封面文字：陈云音
责任编辑：徐 洁
美术编辑：吴 珩
责任印制：林百乐
责任校对：冯季庆

■ **中国原创绘本精品系列 大蝌蚪** ■

浙江少年儿童出版社出版发行
杭州市天目山路40号
浙江新华数码印务有限公司印刷
全国各地新华书店经销
开本 889×1194 1/16 印张 2.75 印数 5161-9185
2013年10月第1版
2015年7月第2次印刷

**ISBN 978-7-5342-7790-0**
**定价：35.00元**

（如有印装质量问题，影响阅读，请与承印厂联系调换）

这个系列中另外还有 4 本书：

### 《啊呜！》

这是一本大自然的音乐书，伴着各种声音，大海演绎着生命的乐章，从小虾米到大鲸鱼，无论幼小或强大，都展示了自然的循环。

### 《跳绳去》

快乐的游戏可以让人忘掉一切，也可以促使人思索，看这一群爱跳绳的动物们是怎样用一根绳子度过了非常特别又漫长的一天。

### 《我爱你》

爱就要大声说出口！调皮、可爱的小獾从幼儿园里学会了说"我爱你"，从此它像一个爱的小精灵，给身边的各种东西、给这个世界传递和创造出更多温馨的"爱"和感动。

### 《天使》

小天使艾米爱和妈妈玩捉迷藏，他们从天堂玩到了人间，让我们看到一个事实：无论在哪里，孩子永远都是妈妈的天使。

现在轮到你了，写下你的感受以及和宝宝一起读故事时发生的一切，因为这些对你和宝宝来说都是一份珍贵的记忆！

## 嗨！我是唐筠，就是画图画的那个人，我来说说：

一只大得像鲸鱼一样的蝌蚪！读完这个本子可能用了两分钟，那会心的一笑却在脸上挂了好久，这就是一直愿意与萧袤合作的一个因素，他总会带来一些惊喜。

这只不愿长大的蝌蚪，可能在每个成年人心里都游过，游进大海，永远是一只蝌蚪，我有时觉得这个故事会更打动大人而远胜过本来就是蝌蚪的小朋友。

这是萧袤和读者开的一个玩笑，而我，是个帮凶。

从小溪到大海，不知道这只蝌蚪游了多久，无所谓，反正他一路游着，始终没有说服自己像其他的蝌蚪一样过他们该过的生活——变成一只青蛙。大蝌蚪并不是天生就知道自己只想做一只蝌蚪的，他其实时不时会考虑自己这样应不应该。这一路，他想着想着……于是他越来越特别，于是他没有选择地只能是一只蝌蚪了。

大蝌蚪始终没有变成青蛙，所以他永远是个孩子，但这一路依然是成长的过程，他不仅让自己大得像一头鲸鱼，还真正弄清了自己想要什么，也得到了自己想要的。我陪他走了一路，展示这个递进的过程。路上的景物在改变，他的个头也在改变，在每个阶段他都会思考，而这思考足够连贯，足够有说服力，让我们每个人都相信，他就该是一只蝌蚪！

尽管开始我只想一起开个玩笑，但我被大蝌蚪说服了，不仅被他说服了，还发现我原来可能也是另一只大蝌蚪，没准儿我们会在好望角遇上，互相打个招呼，说："嗨，大个子！"

### 唐筠：

1973 年出生。一只行走和观看着的视觉动物。

有时会叫自己"pigao"，有时觉得自己是个"猪"样子。

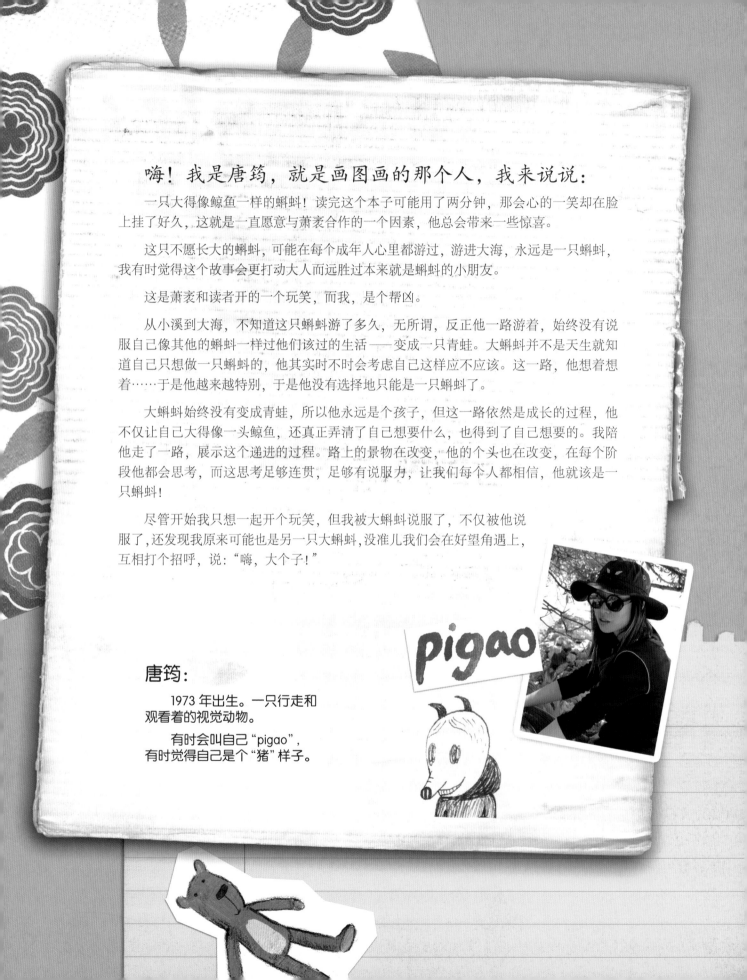

没错，你是妈妈对吗？我们一起聊聊这个故事吧！

## 嗨！我是萧衰，就是写故事的那个人，我来说说：

这篇童话写于很多年前。因为篇幅短小，便于朗读，不经意间，我在很多场合声情并茂地大声念过这篇童话，许多读者（包括一些专家学者、编辑老师、记者朋友等）用种种方式，向我传递这样一条信息：他们喜欢这篇童话。

有人说，它是一篇"反安徒生"式的作品（因为安徒生写过一篇《枞树》，讲的是一棵小枞树不愿停留在童年、渴望快快长大的故事）。

有人问：青蛙还记得当蝌蚪时的快乐吗？如果现在的小蝌蚪不快乐，变成青蛙后怎么可能拥有丰富、浪漫的生命呢……

说的人多了，我自己也有点喜欢这篇童话了。有一天，当我重读这篇童话时，我猛然发现一个秘密：原来，我把自己写进童话里了——我就是那只不愿意变青蛙的大蝌蚪啊！

是什么让这只不愿意变青蛙的蝌蚪越长越大乃至大得像一头鲸，也越游越远，都游到大海里去了呢？

是童心，是幻想，是对纯真年代的依依不舍，是对人性中的真善美、友情、关怀、温暖、明亮、宁静、自由……还有爱的细心呵护和执着追求。

我的鲁院同学小山曾经很想把这个童话出版成绘本，她给我写信说："一只蝌蚪不想变成青蛙，是决心守望它的童心，即使它会成为思想的巨人，它也仍要用柔软的目光爱着世界上的一切……而这不变的爱，必然付出特殊的代价：孤独。就如同高处不胜寒一样，难以名状的坚守之心高耸入云，快乐与爱，大海一样广博，却要独自忍受一种旷远的寂寞。"

她说得很哲学。

现在，这个故事终于变成绘本了，我愿意第一个送给她。

## 萧衰：

出生于湖北省黄梅县一个叫柘林铺（曾是古代驿站）的小村庄。十六岁尝试写作，至今痴情不改，童心依然。创作之余喜欢跑步、涂鸦、写甲骨文，偶尔到湖边寻找美丽的瓷片。

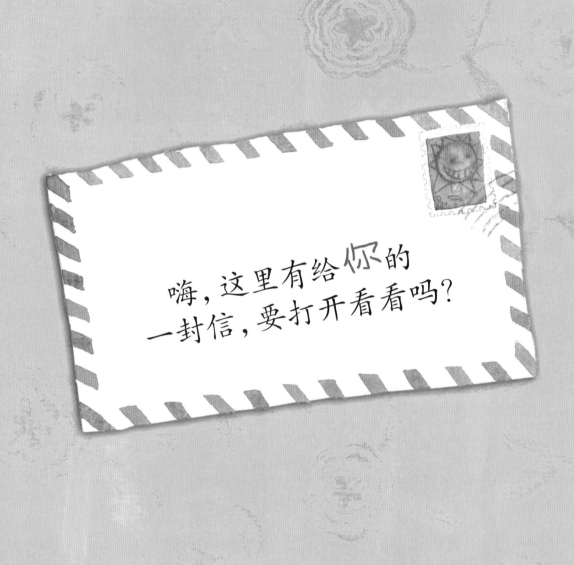

世界上，还有没有

另外一只不愿变成青蛙的 蝌蚪？

大海里，有一只巨大的蝌蚪游来游
去，又快乐，又孤独。

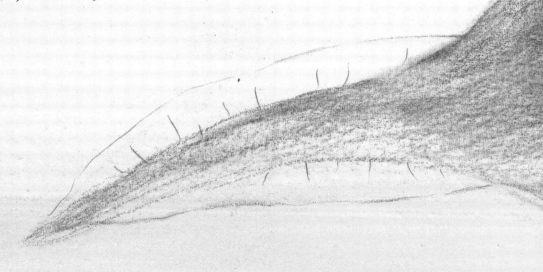

可是，所有的蝌蚪，最后
总是要变成青蛙的。

就像所有的小孩子，最后
总是要变成大人一样。

这可怎么办呢？

假如他趴在海滩上，人们会不会把他当成一座山，

一座绿色的会跳的山？

嘻嘻！

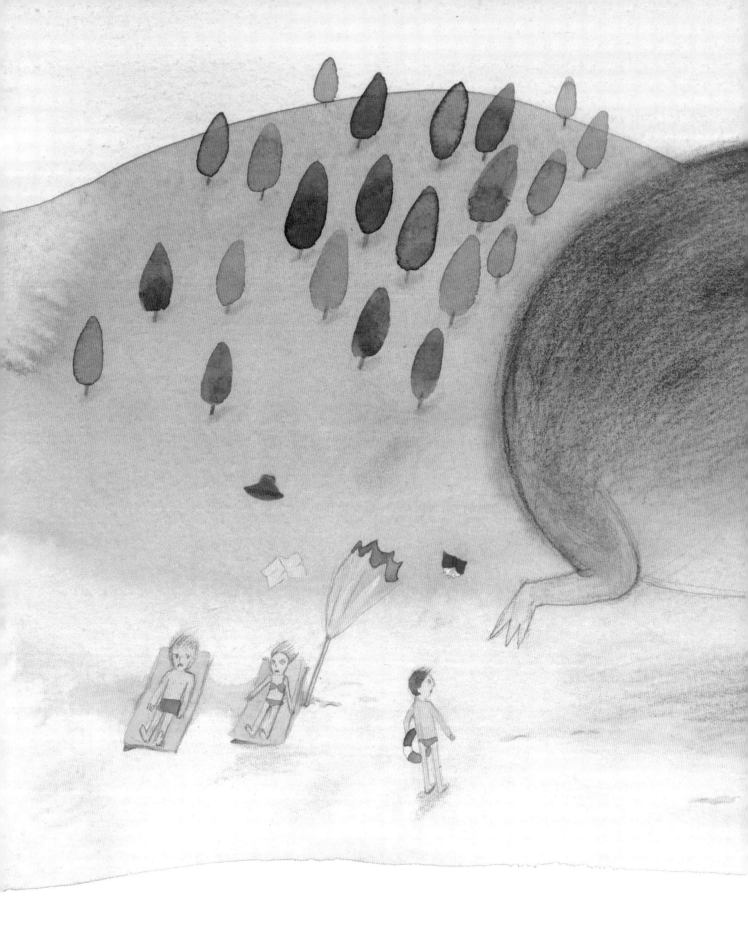

这会儿他更不想变成青蛙了。

有谁见过像恐龙一样的青蛙？

等他游到大海时，这只不想变青蛙的蝌蚪，已经长得有一头鲸那么大了。

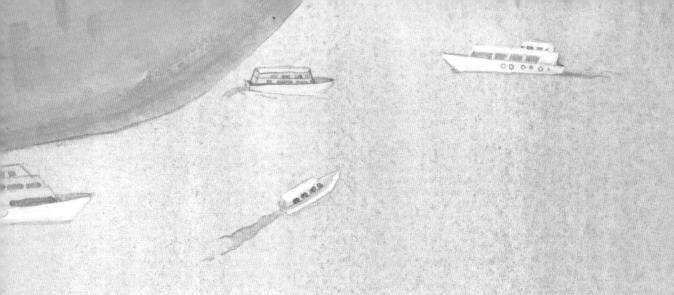

他决心不变青蛙，就当一只快乐的蝌蚪，

一辈子生活在流动的水里。

他那么轻轻一跳，可以跳过三栋房子，落下来能压死九头水牛。

**噢，太可怕了！**

他想：要是一只青蛙像汽车似的，蹲在公路上，

人们看见了会不会被吓疯？

他变得有一头扬子鳄那么大了。

他还是不想变成青蛙。

不想变青蛙的蝌蚪向长江里游。

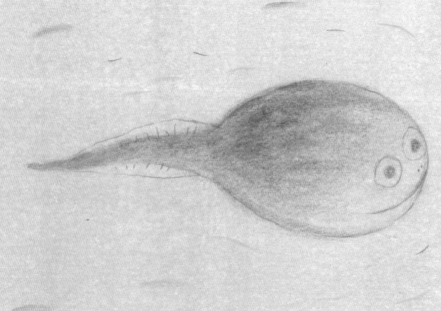

再说，没有那么大的虫子吃，万一
他饿得受不了，会不会跳到岸上去，

吃老鼠，吃兔子，吃小鸡、小鸭、小鹅？

他想：假如有一只脸盘那么大的青蛙，

孩子们看见了会不会害怕？

现在，他更不想
变成青蛙了。

等他游到小河时，已经长得像一条草鱼那么大了。

可是，有一只小蝌蚪，他不想变成青蛙，他觉得做蝌蚪很好。他向小河里游去。他在不停地生长，只是，

他不想变成青蛙。

不久，小蝌蚪们长出后腿……

甩掉尾巴，往溪岸上一蹦，
哈，变成了一只只青蛙！

# 呱 呱 呱 ……

他们唱着热闹的歌儿。

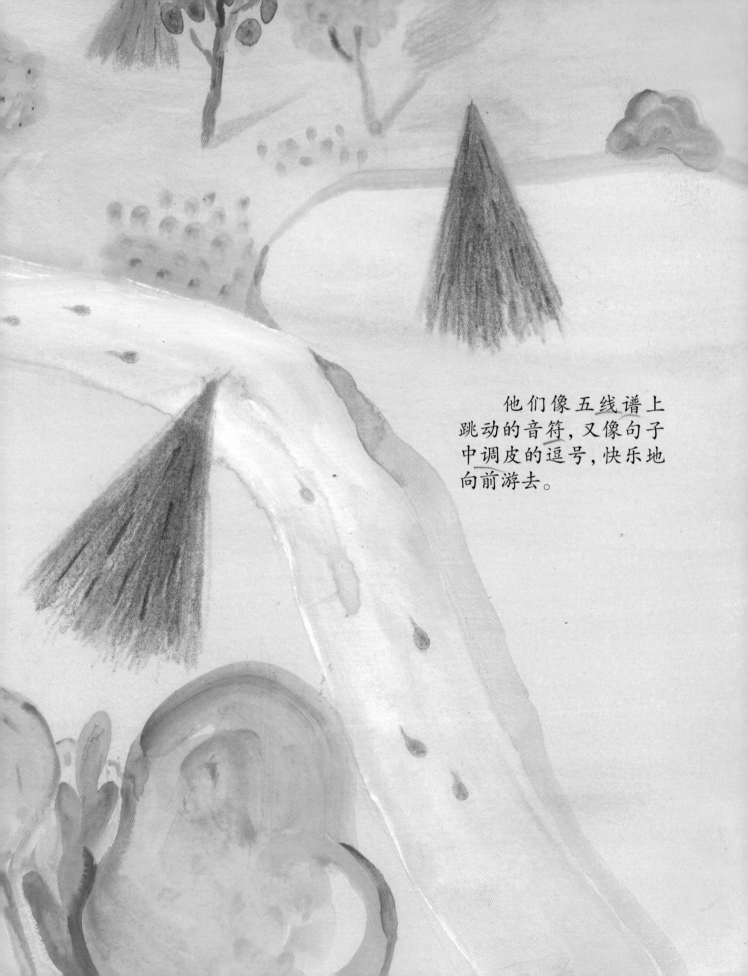

他们像五线谱上跳动的音符，又像句子中调皮的逗号，快乐地向前游去。